莎娜想要演马戏

〔德〕古德荣·梅布斯 文　　昆特·布霍茨 图
王 星 译

南海出版公司
2010·海口

　　莎娜早就想当个马戏演员了。她想去驯狮子，在高空翻跟头，或者表演飞刀；要不然，去扮小丑，逗大家笑。

　　莎娜心想："这有什么难的，我都会！等马戏团一来，大家就知道了。"

　　她等啊，等啊……

　　这一天，马戏团真的来了。

　　莎娜赶紧收拾行李，她把睡衣放进行李箱里，然后在把手上拴了两只气球。肥皂泡泡瓶和妈妈的小餐刀可别忘了，表演时一定能派上大用场。再放一把牙刷？还是拿出来吧——马戏高手才不刷牙呢！不过呼啦圈得带上，狮子还要钻呢。莎娜还拿了个苹果，当然是给自己的了。马戏高手的肚子也会饿呀。

　　出发啰！莎娜的心情特别好。马戏团的人看见她来了，该有多么惊喜啊！不过现在还不能让爸爸妈妈知道，他们也许不会同意莎娜去演马戏。前面就是马戏团的帐篷了，莎娜加快了脚步。她马上就能在那儿驯狮子、扔飞刀、扮空中飞人翻跟头，或者演小丑逗得观众哈哈大笑。所有的人都在等她出场。莎娜！莎娜！巨大的欢呼声响彻全场。

　　莎娜越跑越快，越跑越快。终于，她到了！

马戏团里，大家还在搭帐篷。

工人们满头大汗，呼哧呼哧地支起又粗又重的柱子。

"嗨，我来了！"莎娜走到他们跟前，放下箱子，大声问好，"我是莎娜，我来演马戏。"

"嘿，小家伙，当心！"工人们气喘吁吁，又推又拉，"小心柱子砸到你。演出五点开始。"

莎娜决定走远点儿，她可不想被柱子砸到。

现在去找驯兽师，这个不难，只要听听哪里有狮子的吼叫声，闻闻哪里散发着老虎的臭味儿就知道了。

驯兽师肯定一眼就能看出来，这个小姑娘是马戏高手莎娜。

笼子里的狮子发出低沉的吼叫，老虎盯着莎娜的猫咪直流口水。

"嗨，我来了！"她喊道，"我是驯兽高手莎娜。"

"我的狮子早就被驯得乖乖的了。"大个子驯兽师嘟囔着，"别靠笼子太近，这些家伙今天心情很不好，都是鬼天气闹的。想看表演，五点再来。"

"我知道。"莎娜说着，高高举起呼啦圈，"瞧！到时候狮子可以从我的圈圈里跳过去，老虎也行。"

"就那个小圈圈，留给你的小猫咪吧。"驯兽师嘲笑道。旁边的狮子和老虎死死地盯着呼啦圈，喉咙里发出咕噜咕噜的声音，突然大声嘶吼起来。它们的血盆大口中露出长长的尖牙，似乎饿得很。莎娜心想，还是走开好。

她决定去找空中飞人。他们一定穿着闪闪发光的演出服，在帐篷里的吊环上飞来飞去。

可是，吊环上空荡荡的。

空中飞人正在地板上跳来跳去，闪闪发光的是他们脸上的汗珠。

"嗨，我来了！"莎娜喊道，"我翻的跟头很漂亮。"说着她就表演起来，一下撞到空中飞人的腿上。

"哎哟，小鬼！"被撞的空中飞人叫了一声，跳到一边，"在吊环上做空翻，才是真正的翻跟头。你还差得远呢。演出五点开始。"

"我知道。"莎娜仰头望着高高的吊环，可真够高的，"我也想在吊环上翻跟头，和你们一样！"

"十年以后再说吧。"空中飞人气喘吁吁，"你必须不停地练——习、练——习、练——习。"他每说一个"练"字，都高高地蹦起来一次，喘着粗气上下挥动胳膊。看来"练"得花上很长时间，莎娜还是走开了。

莎娜决定去找飞刀手。别忘了，她还带着一把小餐刀呢。

"你好，我来了！"莎娜说着从箱子里拿出小餐刀，"瞧，我有这个。"

"小孩儿，当心！站远点儿。"飞刀手冲莎娜喊道，一把尖刀稳稳地扎到了对面的木板上，"我的飞刀可不认人。演出五点才开始呢。"

"早就知道了。"莎娜说，"我想跟你一起表演飞刀。"

她使劲甩出手里的小餐刀，可是刀子还没碰到木板，就落到了地上。

"练习、练习、练习！"飞刀手喊着，将明晃晃的尖刀一把接一把地飞出去，"小孩儿，你站到木板前面去，我可以把刀子投到你身边。"

万一投偏了呢？莎娜想到这儿，马上站得更远了，"要是扎到身上肯定特别疼。我才不要！"

莎娜捡起小餐刀，放回箱子。还是去找小丑吧，扮小丑可是她的拿手好戏。

"嗨，小丑，我来了！"莎娜有点儿紧张，希望这次别再碰钉子，"我叫莎娜，想和你一起演小丑，可以吗？"

小丑打量了一下莎娜，咧嘴笑了。小小丑？为什么不呢？肯定很有趣。演出服是现成的，她穿刚合适。最重要的是，他挺喜欢眼前这个一心想扮小丑的小姑娘。

"那我们就试试吧，莎娜。"小丑说，"进来吧，我先给你化个妆。演出就要开始了。"

"五点开始，我知道！"莎娜眼中闪着光，一下子跳进了篷车里。

车里有一股好闻的化妆品味儿，墙上挂满了各式各样的东西。不过，莎娜这会儿可没工夫仔细看，她就要成为一个小小丑了。

她早就知道她能行！

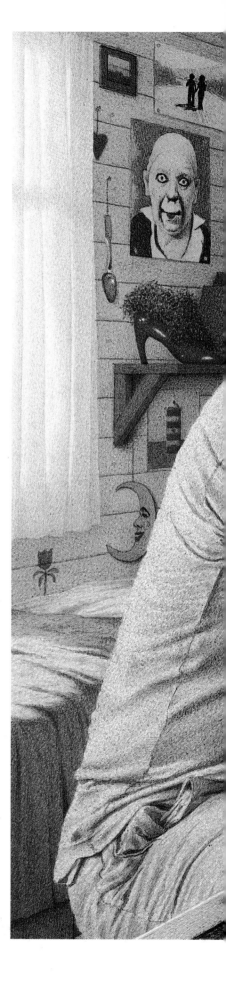

莎娜的双颊被画上了两颗小红心。小丑正在她的鼻子上涂圆点点。虽然有点儿痒，但她忍住了没动。

　　莎娜朝镜子里一看，觉得自己美极了，就像一个真正的小丑。

　　"你还有气球啊。"小丑看着莎娜的行李箱高兴地说，"嗯，还有肥皂泡泡瓶，真是太棒了。"

　　"我还会晃脚趾头。"莎娜说，"还会做鬼脸。"

　　"太好了！"小丑说，"一会儿我们就从气球开始表演吧。"

　　"我会牢牢抓住绳子，把手举得高高的！"莎娜说，"这个我特别在行。"

　　"那我就让它们落在小提琴的琴弦上。"小丑点着头，"我们的表演肯定很精彩。"

　　莎娜用力点点头，笑容更加灿烂了："所有的观众都会被我们逗得哈哈大笑，特别是被我！"

　　"嗯，那当然！"小丑微笑着帮莎娜穿上外套，"走吧，我的小小丑，该我们登场了。"

　　舞台上，飞刀手刚刚结束了表演。狮子和老虎也钻完了铁环，蹲在角落大口大口地喘着气。空中飞人正在吊环间荡来荡去，翻着跟头，银色的演出服闪闪发光。

　　最后，乐队奏响了欢快的曲子……

　　"快！"小丑说，"该我们上场了！"

　　"大家都在等我们呢！"莎娜骄傲极了，迫不及待地要上场。

小丑和小小丑手拉着手跑上舞台，开始了表演。

"加油，小小丑！"小丑轻声对莎娜说。

莎娜点点头，笑着抓紧了小丑的手。

大幕拉开了。

他们站在舞台的中央。

突然，一切都变了……乐曲声震得耳朵嗡嗡响，莎娜什么都听不清。

一切闻上去都那么陌生：狮子味儿、老虎味儿、灰尘味儿、汗水味儿，还有木屑味儿。

强烈的灯光刺得莎娜睁不开眼睛。外套变得又重又闷，汗水冒个不停。小丑的手哪儿去了？莎娜慌乱中想抓住他的手，可他却不在身边。

莎娜心里一惊，松开了手。糟了，气球！

气球慢慢悠悠地越飞越高，越飞越远，飘到了篷顶。

莎娜没想要放开气球啊！

观众大笑起来。

那气球——还有用呢！

小丑还要让它们落在一个能惹人发笑的地方呢。

刚才都商量好了。

小丑弯腰拿起小提琴和弓。

大家哗的一下又笑起来，原来小丑的裤子扯开了。不过，他是故意的。

莎娜该怎么办？她使劲地晃起了脚趾头。

可是，没人看见，因为她穿着鞋子。

　　小丑爬上高高的梯子，拼命地想把莎娜的气球拽下来。

　　但气球飞得太高，根本够不着。他站在梯子上，摇来晃去，惹得观众哈哈大笑。

　　没有人为莎娜的表演而笑。

　　"哦，美丽的肥皂泡泡！快来呀，到我这儿来。"小丑挥舞着红围巾，对着气球大叫。

　　啪！梯子翻倒在地，小丑扑通一声趴在了地上，嘴里仍然不停地对气球喊着"肥皂泡泡"，同时招呼着莎娜。

　　莎娜急忙吹起泡泡来，用尽全力去吹。

　　只有几个泡泡还算漂亮，剩下的不是很小，就是很快破掉了。

　　过了一会儿，莎娜再也吹不出泡泡了。

　　肥皂泡泡瓶已经空了……

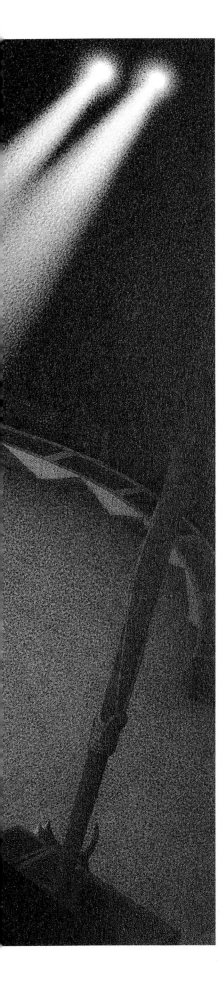

莎娜大哭起来。

在舞台中央，在乐队的伴奏声和观众的大笑声中。

掌声和喝彩声冲进莎娜的耳朵。

她的眼泪滚过脸蛋上的小红心，留下一道红色的泪痕。

鲜艳的红色，就像小丑挥舞的红围巾。

观众的笑声越来越大。

莎娜一点儿也不想演小丑了。

她恨不得马上离开这里。

　　"就快结束了。"小丑小声对莎娜说，然后夹着她向台下走去，"使劲晃腿，这样能把观众逗笑。"

　　莎娜拼命晃动着双腿，红色的泪水把小丑胸前的衣服染湿了一大片。

　　一切都结束了！全搞砸了！

　　小丑和非常想当小丑的莎娜来到了外面。

　　"小丑，"莎娜抽泣着，"气球就那么跑了。"

　　"嗯，运气不好。"小丑点点头，伸手摸摸她的头发。

　　"还有肥皂泡泡瓶，小丑。"莎娜继续说，"那么快就空了。"

"运气真是太差了。"小丑又点点头，帮莎娜抹去眼泪。

"小丑，"莎娜鼻子像被堵住了，瓮声瓮气的，"我哭的时候，他们都在笑，我一点儿也不喜欢这样！"

"马戏团的小丑就是这样的呀。"小丑用围巾帮她擦擦鼻子，"我们越倒霉，观众笑得越开心。不过这也是要练习的呀。"

莎娜赶紧说："今天不练了。我得回家了。妈妈肯定在找小餐刀，她要做晚饭了。"

　　"是啊！"小丑笑了，"她肯定也在找你呢。要不要我帮你穿上衣服？"

　　"我早就会自己穿了。"莎娜揉了揉鼻子，换上了自己的靴子，"哎，小丑，我后来晃腿晃得不错吧？"

　　"简直太棒了！"小丑大声说，"你就是晃腿高手莎娜。没准儿有一天，你会成为光彩夺目的马戏高手。"

　　"需要练习、练习、再练习！"莎娜终于笑了，"我早就知道了。"

　　"对！"小丑点点头，帮她系上背带裤的扣子。

　　"走吧，莎娜，我送你回去，我们还可以再聊聊……"

　　"聊聊那些倒霉事。"莎娜大声喊着。两个人都笑了。

　　小丑和莎娜手拉手上路了。

　　小丑讲了很多马戏团的事，讲演员们怎么走钢丝，怎么练习在高高的梯子上来回摇晃却不掉下来，飞刀手喜欢吃小蛋糕，还有马戏团以前有只骆驼，总把大家的帽子吃得精光。

　　莎娜也讲了家里的事，她爱在花园里练习翻跟头，爸爸喜欢红袜子，妈妈烤的苹果蛋糕特别好吃。

　　说到这儿，莎娜想起行李箱里还有一个苹果。不过她已经不需要了，马上就要回家吃晚饭了。她把苹果送给了小丑。小丑很高兴，三口两口吃掉了。

莎娜到家了。

"要我陪你进去吗？"小丑问。莎娜摇摇头："不用了，谢谢。"这里她再熟悉不过了。

小丑冲她挥挥手："再见了！再来看我哦，明年马戏团还来演出。"

莎娜也冲他挥挥手："嗯。明年我就上学了，当小学生，我最在行了！"

"那当然！"小丑说着，转身离开了。

"喂，小丑。"莎娜冲着他的背影喊道。

"马戏团的演员刷不刷牙？"

小丑使劲点点头，消失在夜色中。

莎娜笑着扑进爸爸妈妈的怀里。

他们早就站在家门口等她了。

晚饭时，莎娜给爸爸妈妈讲了一天的经历，她说："我是不会留在马戏团里的，因为我连牙刷都没带！"爸爸妈妈相视一笑。他们很高兴，因为莎娜回来了。

这天晚上，莎娜好饿，吃了很多很多苹果蛋糕。

图书在版编目(CIP)数据

莎娜想要演马戏 / 〔德〕梅布斯编文；〔德〕布霍茨
绘；王星译.-海口：南海出版公司，2009.10
ISBN 978-7-5442-4553-1

Ⅰ.莎… Ⅱ.①梅…②布…③王… Ⅲ.图画故事－德国－
现代 Ⅳ.I516.85

中国版本图书馆 CIP 数据核字（2009）第 179725 号

著作权合同登记号　　图字：30-2008-085

Die Sara, die zum Circus will

by Gudrun Mebs and illustrated by Quint Buchholz

© 1990, Sauerländer Verlag

© 2002, Patmos Verlag GmbH & Co.KG

Sauerländer Verlag, Düsseldorf

ALL RIGHTS RESERVED

本书版权由北京华德星际文化传媒有限公司代理

SHANA XIANGYAO YAN MAXI
莎娜想要演马戏

作　　者	〔德〕古德荣·梅布斯	绘　　者	〔德〕昆特·布霍茨
译　　者	王　星	责任编辑	于　姝
特邀编辑	安　宁	内文制作	郭　璐
丛书策划	新经典文化 www.readinglife.com		
出版发行	南海出版公司（570206　海口市海秀中路 51 号星华大厦五楼）	电　话	（0898）66568511
经　　销	新华书店	印　刷	北京国彩印刷有限公司
开　　本	889 毫米×1194 毫米　1/16	印　张	2.5
字　　数	5 千	印　数	1－8000
版　　次	2010 年 1 月第 1 版　2010 年 1 月第 1 次印刷		
书　　号	ISBN 978-7-5442-4553-1	定　价	29.80 元